AF316320

N° 35669

And.

Cde f. 60 à 98
scèn. I à VI
au début Sc. VI

« Les Jeun. France »

juin 1881 terminé
1er ....   1883.

Axel

Une haute salle au plafond de chêne : — un lustre de fer pend du milieu des poutres entrecroisées. — Au fond, grande porte principale, s'ouvrant sur un vestibule.

Cette porte est surmontée de l'écusson d'Auersperg, — supporté de ses grands sphinx d'or.

A gauche, grande fenêtre gothique, laissant voir, à l'horizon, d'immenses forêts.

A droite, escalier de pierre construit dans la muraille : au sommet de l'escalier, porte cintrée communiquant avec l'une des tours.

La salle est d'une profondeur qui donne l'impression d'une bâtisse colossale, datant des premiers temps du moyen âge. — A droite, au premier plan, vaste cheminée où brûle un grand feu qui éclaire la scène. Sur le spacieux manteau de cet âtre sont empilés de poudreux in-folios. — Sur de larges établis, adjacents, sont disposés des lampes anciennes, des alambics, des sphères astrales, de démesurés ossements d'animaux d'une espèce disparue, des herbes desséchées.

Sur les murs, des trophées d'armes antiques, des oriflammes orientaux, de très anciens tableaux de châtelaines et de hauts-barons de Germanie. Entre des armures sarrasines, d'énormes vautours et des aigles-noirs sont cloués, les ailes étendues.

Aux deuxièmes plans (1) à droite et à gauche, portes : tentures en tapisseries de haute-lice devant les portes.

Au milieu de la scène, table dressée pour un festin : des peaux de renards et d'ours bruns sont jetées aux pieds de deux sièges de forme très ancienne, placés aux extrémités de la table, se faisant face.

Crépuscule déjà sombre.

Au lever du rideau, un grand vieillard, assis auprès de la cheminée, examine des armes qu'il achève de fourbir. Il est vêtu d'un surcôt de laine brune, serré par un ceinturon de cuir et d'un vieux pantalon militaire de même étoffe et nuance que le surcôt, le béret sur ses rares cheveux blancs, coupés en brosse. Il a la croix de Fer sur la poitrine.

(1) Est-il nécessaire de dire, ici, que cet ouvrage, malgré la forme dialoguée et les termes scéniques, *n'a jamais été conçu ni écrit pour le théâtre* C'est une sorte de poème dramatique, rien de plus.

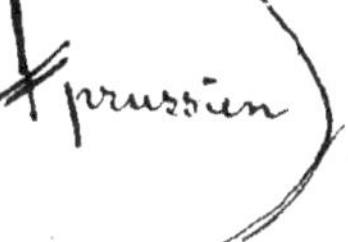

Scène première

MIKLAUS, seul

Là!... des carabines, ces couteaux de chasse... tout reluit... la gourde est pleine de kirsch. — gare les loups!

Il se lève et regarde autour de lui

Ah! le soir est venu.

Il va vers la fenêtre et regarde au loin

Comme il vente, là-bas, dans les sapins! Les bruyères se courbent, les chauves-souris ne volent pas; signe d'ouragan. Fermons bien le vitrail; l'odeur des arbres, salubre le jour, est malsaine de nuit, — surtout aux approches du renouveau.

MIKLAUS, HARTWIG et GOTTHOLD, entrant à gauche

Ce sont deux grands vieillards, de la stature de Miklaus, vêtus presque militairement encore, et d'un assez noble aspect

GOTTHOLD

Miklaus, il est temps d'allumer les flambeaux pour les deux convives.

MIKLAUS, *redescendant et se frottant les mains*

Et le feu aussi, car on sent les dernières bises.

Il s'approche de la cheminée et ravive le feu

Ainsi le docteur ne descendra pas encore au souper?

HARTWIG, *frissonnant*

Non. — Brr! n'épargne pas les sarments; il faut que cela flambe! — Oh! quelle humidité tombe des pierres, ici! L'autre aile du château est moins rude, il me semble. Ici, l'on a froid; et, c'est singulier, dehors, il fait tiède et l'air s'alourdit, — vieil indice avant-coureur d'une grosse tourmente.

GOTTHOLD, *de même, regardant autour de lui*

C'est qu'ici le vent passe à travers les froids lierres du dehors qui verdissent le granit. Oui, cette pièce est glaciale.

MIKLAUS

Aussi, pourquoi ne jamais l'habiter qu'aux jours de cérémonie?. Quel délabrement!... Voyez donc les tableaux: les durs traits des rhingraves, les beaux fronts des aïeules de Monseigneur Axël sont effacés: les tapisseries sont devenues indistinctes.

HARTWIG

Et cette armure d'airain, toute damasquinée d'or, conquise, à la première croisade, par le prince Elciàs d'Auërsperg, chevatier d'Allemagne, sur l'émir sarrasin Saharil Ier, — la voici toute rongée de rouille et le bois mort de la lance s'est rompu sous la moisissure.

Un silence

MIKLAUS

Ah! — je n'ose pas les fourbir: — c'est hanté ici!

GOTTHOLD, *à Miklaus*

Tu sais que le Commandeur va nous quitter?... Otto, son domestique, s'est mis en route ce matin pour Nuremberg avec le ballot de voyage de son maître... et, d'ici aux frontières de la Hesse-Darmstadt, avant d'entrer en Bavière, il y a loin!

MIKLAUS

Quoi? ce bon seigneur s'en retourne sans même avoir vu le docteur Janus? Il part?

GOTTHOLD

Oui. Cette nuit. C'est le festin d'adieu.

A Hartwig qui prépare la table

Place-moi ces jolies touffes de romarin, cette brassée de verveine, de bouton d'or et de menthes, entre les candélabres; les fleurs, cela donne un air de fête. Puis cette corbeille de fruits; ce sont les meilleurs; ils ont été piqués par les oiseaux. Notre visiteur s'y connait.

HARTWIG, *presque à lui-même*

Etrange visiteur qui ne veut rien voir!

GOTTHOLD, *d'un air soupçonneus*

Hum!... et qui voit tout.

HARTWIG, *le regardant*

Ah! toi aussi tu...

GOTTHOLD, *chantonnant*

« *Barbe rouge et noirs cheveux*
Défies-en toi, si tu veux. »

MIKLAUS, *les regardant*

Vous avez l'air, Hartwig et toi, d'être enchantés de ce départ?

GOTTHOLD, *indifférent*

Un homme qui s'en va.

HARTWIG, *grommelant*

Homme blême, homme nuisible.

GOTTHOLD, *à voix basse*

Celui dont nous parlons renchérit sur cette teinte; il est blafard comme l'argent! il est couleur de Judas.

HARTWIG, *après un moment*

Pareil renard ne peut donner de bonne fourrure.

Tous trois s'assoient autour du feu ~~et tisonnent~~

MIKLAUS

Cependant le jeune maître paraît aimer sa compagnie : — n'est-ce point son parent? Feu le comte d'Auersperg la présenté au roi, jadis...

GOTTHOLD

Oui, le père l'a tiré d'obscurité et vingt ans se sont passés sans que l'obligé s'inquiétât de l'enfant. — Il a fallu cette circonstance d'héritage, d'intérêts, pour lui rappeler, là-bas, à la cour de Saxe, que son cousin, le comte Axël d'Auërsperg, prince germain — et, de plus, chef de la branche aînée, — vivait seul, avec de très vieux serviteurs, dans un manoir en ruines, perdu au milieu des forêts du Nord. Comme il a su retrouver, alors, le chemin du burg, malgré la distance, les torrents, les nouvelles clairières et les routes sauvages de la montagne!

HARTWIG, *tisonnant*

Oui, tu as raison, Gotthold. Cet homme n'est pas un ami. J'aurai toujours en mémoire le jour de son arrivée, la semaine passée; — n'était-ce pas la veille des Rameaux? lorsque après avoir traversé les salles désertes du château, conduit par herr Zacharias, il s'est trouvé subitement, — lui, tout chamarré d'ordres et de croix, devant le jeune comte, — eh bien, au lieu des deux mains offertes, il est demeuré comme interdit, pendant un instant! — Nous autres, grands barbons, soldats des vieilles guerres et qui, je pense, avons gagné chacun notre croix de Fer un peu plus difficilement que lui ses grands cordons (sans offense), — il ne nous avait même pas reconnus.

GOTTHOLD

Le comte, en ce deuil, qui va si bien sa à puissante taille, se levant et l'accueillant avec une simplicité grave, avait l'air d'un jeune lion qui porte sa race dans ses yeux. J'en étais fier, moi! comme le jour où j'eus l'honneur de lui mettre un fleuret au poing, pour la première fois!... Et j'ose croire qu'aujourd'hui Monseigneur est, certes, l'une des plus dangereuses épées de l'Allemagne, sinon la plus redoutable.

HARTWIG

Par exemple, Ukko n'a pas été meilleur courtisan avec ce voyageur, en ce moment-là. — Le brun démon! Vous rappelez-vous qu'il tenait d'une main la laisse de ses trois féroces lévriers, — qui grondaient à la vue de l'étranger, — et qu'il riait, en soulevant son bonnet de vair? Et qu'il a demandé tout bas au maître s'il devait les lâcher sur ce parent inattendu?

GOTTHOLD

Ah! ah! l'espiègle!

HARTWIG

C'est la gaieté du donjon, ce brillant muguet de page digne des jours d'autrefois : il a l'air d'une longue étincelle !

GOTTHOLD

Et il est leste comme une ombre.

MIKLAUS, *avec une moue de vieillard*

C'est un mauvais petit charmeur qui me joue trop de tours.

GOTTHOLD, *souriant*

Ce bon Miklaus! ça! réchauffons notre mélancolie à sa belle jeunesse, comme nous chauffons nos trois barbes blanches à ce bon feu clair. Laissons-le jouer, — même avec nous : son sourire malin, nous ranime, et sa vue est bonne.

MIKLAUS

Allons, allons, soit!.. (*Tisonnant*) Mais, pour en revenir à nos loups, vous me surprenez tous les deux, quand vous me donnez à entendre que Monseigneur n'a pas grande amitié pour son cousin! Dès le premier repas, cependant, toute la vieille vaisselle d'argent a été exhumée et les meilleurs coins de la cave ont été explorés.

GOTTHOLD

Que prouve ceci? Le comte remplit son devoir d'hospitalité, voilà tout.

MIKLAUS

Cependant, herr Zacharias..

HARTWIG, *l'interrompant et relevant la tête*

Au fait, qu'en dit le vieil intendant?... C'est un furet; — et c'est un financier digne de ces temps où chaque grand seigneur avait son orfèvre. Je ne pense pas que le Commandeur Kaspar lui en ait imposé dans les comptes d'héritage.

MIKLAUS

Justement! Herr Zacharias le tient en très haute et très favorable opinion!

Hartwig, *étonné, à Gotthold*

L'âge aurait-il affaibli sa raison, à la longue?

Gotthold

Ce que dit Miklaus ne me surprend pas: j'ai remarqué que depuis la venue de notre personnage, herr Zacharias est sou-cieux, taciturne... je ne sais pas... il rôde. il est inquiet.

Hartwig

Il a quelque chose dans l'esprit!

Gotthold, *plus bas*

Et puis il sait de séculaires secrets de la famille, lui..., sans compter le terrible!

Miklaus et Hartwig, *ensemble*

Chut, Gotthold!

Les trois vieillards regardent autour d'eux avec une sorte de mystérieuse inquiétude.

Miklaus, *après un instant, reprenant la conversation*

Moi, pour conclure, — je tiens que le comte Axël ne s'ennuie nullement de son convive.

Comment! mais il boit avec lui, en un souper, plus de vin qu'il n'en buvait auparavant en douze repas. je crois, même, qu'il y prend goût et m'en réjouis!

Gotthold, *relevant la tête*

Bon Miklaus, tu devrais connaître un peu mieux le jeune maître!

Hartwig

Lui, sobre jusqu'à jeuner des jours entiers!

Gotthold

Lui qui se prive de toutes les joies de son âge! qui use ses meilleures années à veiller, là, dans la tour, — et tant de nuits! sous les lampes d'étude, penché sur de vieux manuscrits, en compagnie du docteur.

Hartwig, *à Miklaus*

Ne comprends-tu pas que c'est seulement par courtoisie qu'il porte des santés Le châtelain doit faire honneur à son hôte et lui fait raison.

Miklaus

Là! là!.. Tout ce qu'il vous plaira... Moi je vous dis qu'il prend de la distraction depuis ces huit grands jours. — Tenez, ces par-ties de chasse avec le Commandeur...

Gotthold tressaille et donne un véhément coup de pied, de sa grosse chaussure ferrée dans les bûches rougeoyantes, qui, soudain, jettent une énorme lueur de flamme et d'étincelles dans la salle.

7

HARTWIG

Laisse donc !.. C'est un moyen pour lui d'être seul. Oublies-tu qu'il n'aime que le silence !— S'il souffre, parfois, Ukko, pour compagnon, c'est que l'enfant devient, à ses côtés, plus muet que son ombre et qu'il se sait aimé jusqu'à la mort par ce petit veilleur aux yeux de faucon ! — Avec tout autre, un temps de galop sur son étalon Wonder et le voilà hors de vue, franchissant ravins et halliers. Gunther et Job, ses deux moins vieux piqueurs, ont renoncé à le suivre depuis longtemps. et le Commandeur d'Aüersperg s'en revient au château presque toujours une demi-heure après le départ.

MIKLAUS, *rêveur*

Vraiment ! — Ah?... c'est différent ! Je croyais que son cousin l'aidant un peu, ces jours-ci, dans ces dangereuses battues sous bois...

HARTWIG

Axël d'Aüersperg n'a que faire d'être aidé par personne, lorsqu'il veut détruire des sangliers ou des ours, ou des aigles ! (*Montrant les murailles*) Regarde. — Les dangers !... Par saint Wilhelm ! voilà de quoi rire de bon cœur. Tu sais fort bien que le jeune comte est d'une vigueur telle qu'il étouffe les loups-cerviers entre ses poings, d'un seul coup, sans daigner tirer son couteau de chasse. Aussi est-il béni dans le Schwartzwald par les charbonniers, les mineurs et les bûcherons, à cinquante lieues à la ronde.

MIKLAUS, *réfléchissant*

Au fait, — au fait, vous pourriez avoir raison ! D'ailleurs, il est assez surprenant qu'il n'ait même pas demandé, je crois, à Maître Janus, de quitter pour un moment ses travaux et sa solitude pour venir examiner un peu le visiteur.

GOTTHOLD, *après un silence*

Oh ! le docteur n'a que faire de voir les gens pour les connaître.

MIKLAUS, *tressaillant et le regardant*

Hein ?

GOTTHOLD

Il les aperçoit et les devine dans le son de voix de ceux qui lui en parlent.

HARTWIG, *mettant sa main sur l'épaule de Gotthold,*
en riant

Voyons ! — Maître Janus n'est pas un sorcier, cependant, Gotthold ?

GOTTHOLD, *grave*

Je m'entends. Si le docteur n'a point paru, c'est que le Commandeur n'est qu'un indifférent qui ne vaut guère le regard et ne signifie que peu de chose.

Un silence

A propos... observes-tu que Maître Janus ne vieillit pas, Hartwig ? — Voilà de longues années, cependant, qu'il est ici.

HARTWIG

C'est vrai, ceci, par exemple ! *(Riant)*. Il faut croire que le culte des astres empêche de vieillir.

Un silence

GOTTHOLD, *toujours très grave et d'un ton singulier*

Moi, je trouve que ses yeux ne semblent pas être ceux d'un homme de ce siècle.

MIKLAUS, *avec un rire forcé*

Le bon Gotthold veut nous faire peur à présent !

HARTWIG, *de même, à miklaus*

Ha ! ha ! Je vois déjà des ombres danser sur les boiseries. Entends-tu comme le vent siffle ! Il y aura tempête ce soir. Autour de nous, les étendards turcs flottent et remuent dans l'ombre, et les croissants de fer dédorés qui les surmontent projettent des cornes de Satans sur nos trois figures. Je suis sûr que les tarasques roulent des yeux de feu au-dessus de nos têtes entre les créneaux ! ha ! ha !

MIKLAUS

Vous plaisantez tous les deux ; mais j'avoue, pourtant, qu'il a quelque chose en lui, ce Maître Janus, qui retient l'affection. Sa manière de faire le bien glace ses obligés. — Gotthold, il nous a guéris souvent, nous et les paysans de la lisière des grands bois : rien n'y fait. On ne se sent jamais à l'aise devant lui ! Depuis dix-neuf ans que je le sers tous les jours, c'est bizarre... mais je ne peux pas m'habituer *(baissant la voix)* même à croire qu'il me voit.

HARTWIG, *pensif*

Oui. On oublie sa présence. Quand il apparaît, il surprend toujours comme un inconnu. Lorsqu'il parle (événement rare), ce qu'il dit est comme le reflet des miroirs : on s'y perdrait à l'infini. Tenez, le mieux est de ne pas trop réfléchir sur l'excellent docteur, — si nous tenons à conserver un peu de bon sens jusqu'à la mort.

GOTTHOLD

C'est un homme naturellement mystérieux. Cette impression qu'il donne résiste, dans l'esprit, même à tous les heurts de la vie quotidienne. Lorsqu'il arriva seul, à cheval, le jour même de la mort, si imprévue, du comte d'Auërsperg, à là fin des guerres d'Allemagne, — ce fut au crépuscule du matin. Quand on lui montra le testament par lequel le comte (qui avait, paraît-il, connu Maître Janus sur les champs de bataille) lui léguait le soin d'élever son fils, je l'observais ; il avait l'air d'être au fait, déjà, du décès et de la dernière volonté.

MIKLAUS, *distrait*

Son fils ?.. Ah ! oui, Monseigneur Axël ! Le fils de la morte, comme on l'appelle dans le pays.

HARTWIG

Tu étais aux armées, toi, lorsque la défunte dame trépassa le mettant au monde. Écoute ! Voici l'heure où la belle comtesse Lisvia d'Auërsperg, pareille à celles de jadis, descendait sonner de l'orgue dans la chapelle, il y a vingt ans.

GOTTHOLD

Te souviens-tu de cette croisée de la grande galerie, où le soleil venait mourir le soir ? Elle y restait souvent de longues heures, accoudée, pâlie, en vêtements blancs, comme un ange, et son livre d'heures aux fermoirs d'émail sur les genoux.

MIKLAUS, **GOTTHOLD** et **HARTWIG**, *se levant et se découvrant*

En Dieu soient les âmes des morts de la Maison !
Ils se rasseoient. Un silence ; on entend la tempête au dehors

HARTWIG

Allons, jette des pommes de pin dans le foyer et laissons là les souvenirs. Les années, ce sont des souffles, et nous sommes les feuilles qu'elles emportent.

GOTTHOLD

C'est égal : lorsque Axël d'Auërsperg rompra le silence dans quelque solennel moment, cela sonnera, je crois, le son rude !

MIKLAUS, *hochant la tête*

Aux grands vents battent les grandes portes !

GOTTHOLD, *presque à lui-même*

Ah ! c'est que Maître Janus en a fait un homme surhumain.

Bruit de tonnerre; lueurs d'orage

MIKLAUS

Mais quel temps ! L'orage s'est déclaré pendant nos vains propos. La tourmente secoue la montagne. Heureusement, le donjon est encore solide.

GOTTHOLD, *à la fenêtre*

C'est vrai. Déjà les éclairs bleuissent l'horizon. Voyez donc les sapins ! La foudre s'éparpille sur eux en gouttelettes de sang.

Ils écoutent la tempête

HARTWIG

Et l'on entend d'ici le craquement des branches. Vraiment, c'est une averse terrible et les flots de pluie tiède traversent la feuillée !

MIKLAUS

Comme les rafales fouettent nos vieilles croisées ! Cela redouble. On n'aura pas de lune cette nuit. Quel temps ! Pas de doute que le Commandeur ne puisse se décider à repartir aujourd'hui.

GOTTHOLD, *inquiet*

Et Monseigneur qui n'est pas rentré de la chasse ! — Pourvu qu'il ait revêtu son justaucorps de cuir !

MIKLAUS, *se signant tout à coup*

Ah !

Une vaste lueur, d'un bleu violet, illumine la haute salle

GOTTHOLD

Un triste et hideux éclair, c'est vrai.

MIKLAUS

J'ai cru voir un regard de l'enfer !

HARTWIG

Et c'est la veille de Pâques !

LES MÊMES, UKKO

Ukko, entrant à gauche, essoufflé, un cor de chasse à l'épaule, en justaucorps noir, deux plumes d'aigle à son bonnet de fourrures, un épieu à la main.

Bonsoir, les ancêtres !

Il appuie son épieu dans un angle de la muraille et s'approche

GOTTHOLD, MIKLAUS et HARTWIG, *se retournant*

Ukko !

UKKO, *joyeux*

Vous songez, tous trois, à l'ordre admirable des saisons ?

GOTTHOLD

Tu as quitté la chasse ? — Où as-tu laissé Monseigneur ?

UKKO

Dans une caverne. A l'affût. A trois milles d'ici.

HARTWIG

Et la journée?

UKKO

Un gros loup-cervier, une louve et sa portée, deux renards et un vautour. Le vautour était perdu dans les nuées noires, dans le tonnerre, quand la balle du maître s'en est allée l'y surprendre. Mais il s'agit d'autre chose, et je veux...

MIKLAUS

Bois ce verre de vin du Rhin et viens te chauffer, vilain guême.

UKKO, *buvant*

Merci. Je n'ai pas froid. — Il faut que je vous dise...

HARTWIG

Il avait oublié son surcôt : il est mouillé comme l'herbe.

UKKO

Ce n'est rien. — Vous saurez donc...

MIKLAUS

Allons, mets-toi là : tu seras malade ; chauffe-toi.

UKKO

Ne faites pas attention, vous dis-je ! Figurez-vous...

HARTWIG, *inquiet*

Est-ce qu'il serait arrivé quelque chose à Monseigneur ?..

UKKO

Non ! puisque je suis ici ! Ah ! si vous saviez...

MIKLAUS, *à Gotthold*

Il est tout changé depuis hier, je trouve, l'enfant ? — Tu es tout pâle, Ukko?

Ukko se croise les bras et les regarde

HARTWIG

Parle vite. Tu nous inquiètes.

UKKO, *frappant du pied avec impatience*

Par les cent dieux !

HARTWIG et MIKLAUS, *à Gotthold qui, silencieux, s'est assis près du foyer*

Tais-toi, Gotthold (*à Ukko*). Nous t'écoutons.

UKKO, *commençant son récit*

Hier au soir...

MIKLAUS, *à demi-voix*

Comme il tonne, entendez-vous, hein?

UKKO, *furieux*

Ah ! — Vous ne voulez pas m'écouter, à la fin ?... C'est bien. Je m'en vais ! — Les séculaires bavards, sans seconds sous le ciel !

GOTTHOLD

Silence ! La parole est aux enfants.

Ukko

Comment ! Vous avez tantôt trois siècles, à vous trois, — vous avez entendu des milliers d'orages, de foudres, de vents et de batailles épouvantables, et vous faites attention à une méchante bourrasque... alors que je veux vous raconter une histoire ?

Gotthold

Là ! Là ! Tête folle !

Hartwig

Tout doux !

Ukko, de même

Mais moi, qui ai dix-sept ans à moi tout seul, mais je m'en soucie comme de cela, moi, des éclairs et du vent, et de tous les tremblements de terre.

Miklaus

C'est bon. Raconte-nous, avec suite...

Ukko

Non. J'aime mieux m'en aller. Vous ne saurez rien. Voilà.

Gotthold

Veux-tu parler à ton tour, mauvais diable ? Que se passe-t-il ?

Ukko

Miklaus et Hartwig vont encore m'interrompre... et puis... d'ailleurs, non : vous ne m'aimez pas...

Hartwig, souriant

Méchant lutin !

Ukko

Vous ne vous intéressez pas à ce qui m'arrive.

Miklaus

Dis-nous posément...

Ukko

Adieu.

Ukko a fait quelques pas pour sortir ; les trois vieillards se précipitent et le ramènent, moitié souriant, moitié fâché.

Alors, debout entre les fleurs de la table, éclairé par les candélabres et aussi par les lueurs du foyer et des éparres violets, il médite, noir et brillant, tandis que les trois serviteurs, assis autour de lui, l'écoutent avec anxiété.

Ukko, souriant, parlant comme perdu en un rêve, — tandis que des harpes semblent, en des lointains, l'accompagner

Hier, dans la forêt, à la première étoile, j'ai rencontré une petite fée, oh ! mille fois plus jolie que toutes celles du Harz ! Une jeune fille. Elle chantait d'une voix aussi fraîche que le murmure des sources et, balançant d'une main un petit panier de cerises sauvages, elle marchait sous les sapins. Elle avait noué, comme en une ceinture, les deux nattes brunes de ses cheveux à la taille de son corselet de velours. De temps à autre, elle caressait un grand épagneul tout blanc qui sautait autour d'elle, joyeux ! Oh ! comme elle était jolie !.. Ses yeux étaient doux comme le soir !

Miklaus, souriant

Ah ! ah !... Déjà le jeune Ukko...

Gotthold lui ferme la bouche avec la main

UKKO

Pendant quelque temps, je la suivis, caché dans la longue
clairière. Soudain, j'écartai les ronces et je vins à elle. A peine
nos regards se furent-ils rencontrés que nous échangeâmes un
sourire ami. Cependant, nous ne nous étions jamais vus. Nous
nous tendîmes la main sans y penser. Son blanc compagnon me
regarda fixement; il eut l'air, aussi de me reconnaître : l'instant
d'après, lui et Björr, mon grand lévrier, étaient de vieux amis.
En silence, elle et moi, l'un auprès de l'autre, nous fîmes le chemin qui conduit à ce torrent où commencent les chênes. Là, c'est
la maisonnette de son père, Hans Glück, le garde-forestier. J'en-
trai. Celui-ci leva les yeux, puis, nous ayant bien regardés, il m'of-
frit la main et m'accueillit à son foyer. — Luïsa mit deux verres
sur la nappe blanche. Ah ! ce bon kirsch si clair qu'elle sait pré-
parer si bien ! Elle nous versa, pendant la causerie, avec sa
douce main... La nuit étant venue tout à fait, comme elle me
disait au revoir sur le seuil, je lui mis au doigt ce petit anneau
d'or qui m'était sacré. — Pour toute réponse, elle m'embrassa
au front, ses yeux étaient graves, et deux belles larmes tombè-
rent de ses cils sur mes paupières. Je m'enfuis ! J'étais si heureux que je me mis à pleurer dans les bois ! — J'embrassais
Björr ! j'étouffais ! Il aboyait et me tirait joyeusement vers la
maisonnette. — Ah ! Luïsa Glück ! Nom fait d'aurore et de bon-
heur ! Son baiser, je l'ai encore dans l'âme, et ce souvenir est
comme une fleur de ciel, entre toutes mes pensées ! — Nous nous
épouserons à l'automne, au plus tard ! — Je suis... je suis heureux. — Seulement, si l'un de vous trois se permettait de mourir avant les noces, — ah !... je me fâche !

GOTTHOLD

Je serai ton garçon d'honneur, Ukko !

UKKO, *riant et tirant la longue barbe de Gotthold*

Merci, mille et mille fois !

Montrant Miklaus et Hartwig

Voici quelques parrains...

HARTWIG

Comment ! — Mais je l'ai vu naître... avant-hier, ta petite
Luïsa !

UKKO, *rêveur et le regardant*

Avant-hier ? En effet, c'est juste. Cela fait, pour les gens
ordinaires, seize ans et demi.

HARTWIG, *à demi-voix*

Déjà !

UKKO

L'un dit : « Déjà ! », l'autre : « Enfin ! » Je commence à croire
que c'est le même mot retourné.

MIKLAUS, *riant*

Je trouve bizarre que le père Glück — un brave soldat saxon, d'ailleurs — te donne sa fille, mon ami.

UKKO, *lui mettant la main sur l'épaule*

Tu es bien heureux de trouver encore des choses bizarres, à ton âge.

HARTWIG

Miklaus n'a point tort, cette fois : tu es joli, mais tu es une ombre.

UKKO

Mon bon Hartwig, est-ce que tu ne souffres pas à l'ombre de ton bras gauche quand le temps change ?

HARTWIG

Si. — Pourquoi cela, mon fils ?

UKKO

Ah ! demande-le au boulet qui t'emporta sa réalité à Lutzen. Je voulais seulement te faire constater qu'une ombre est quelque chose.

GOTTHOLD

L'enfant a bien raison d'être heureux, et le plus tôt possible. Vous êtes des esprits chagrins. Mais, attention !... J'entends, — Hein ?... Ces pas...

MIKLAUS

En effet ; oui. Dans la galerie des chevaliers.

HARTWIG

C'est notre hôte, je pense. — Vite, des bûches dans le feu, Miklaus !

UKKO

Et surtout, n'essayons pas de grimacer une joie respectueuse à sa vue, puisque c'est impossible. — Un salut et quittons-le.

GOTTHOLD

C'est lui, en effet.

UKKO, *les ramenant tous trois mystérieusement*

Écoutez : — Le futur grand-père de vos filleuls m'a fait présent ce matin d'une jarre de kirsch rose, plus précieux que celui du roi. Mes amis, je vous invite à venir le sabler avec moi, dans la salle d'armes. Là, nous serons chez nous. Et, en attendant le maître, notre bon Axël, gentilhomme des bois, prince de sa montagne et seigneur des torrents, oh ! je veux boire, avec vous, à Luïsa Glück, ma fiancée !

MIKLAUS, GOTTHOLD et HARTWIG, *un doigt sur les lèvres*

Chut !

Kaspar d'Auërsperg entre à droite. — Air de très grand seigneur. Vers quarante-cinq ans. Costume de voyage d'une grande élégance.

Scène IV

LES MÊMES, Le Commandeur KASPAR D'AUERSPERG

Le Commandeur *à lui-même, les regardant*

Non. Pas ceux-là. Ce sont des pierres, — et l'enfant est l'âme damnée de son maître. — L'autre, le majordome, ce herr Zacharias : — voilà celui qu'il faut attaquer.

UKKO

Si le Commandeur d'Auërsperg désire attendre ici Monseigneur, voici du vin du Cap, du canastre, du feu et des livres.

Le Commandeur

Le comte doit-il rentrer bientôt ?

UKKO

Dans deux heures au plus tard.

Ukko et les trois vieux soldats saluent et sortent

Scène V

Le Commandeur KASPAR D'AUERSPERG, seul

Voilà de magnifiques vieillards ! — Cela rappelle un beau champ de bataille, un bel hiver et une belle mort.

Regardant autour de lui

Quel nid de hiboux ! — Des livres, dit-il. L'Histoire Ancienne, sans doute. Voyons.

Il ouvre un in-folio

Le vin, passe encore ; il est aussi vieux que ceux qui l'ont mis en bouteilles et son cru merveilleux supporte cependant cet âge sans faiblir.

Lisant

« TRAITÉ DES CAUSES SECONDES ».

Ah ! ah ! l'excellent titre !... « *Traité des Causes secondes !* » — Ce jargon me parait d'une clarté !... Ah ! ah ! — Continuons un peu.

Lisant derechef

« *Procul à delubro mulier semper !...* »

Cette épigraphe n'est pas, il faut en convenir, du dernier galant.

Lisant encore

Chapitre premier : LES SILENTIAIRES. — Diable !..

« *La Nature est amoureuse du vide ; la gueule du serpent attire sa queue ; il se fuit et, en fuyant, il se poursuit.* »

Fermant le livre et le jetant sur les autres

Chansons !

Il bâille. — Puis, rêveur

C'en est fait : Je ne doute plus. — Mon jeune châtelain donne, en toute réalité, dans l'Hermétique, la Kabbale et les histoires de Sabbat. C'est, à coup sûr, ce Maître Janus qui lui insufle et lui instille dans la tête ces superstitions épaisses... qui seront donc toujours le vice de l'Allemagne ! Leurs entretiens doivent rouler sur la Sainte-Vehme et sur les Rose-Croix ! Je m'explique fort bien que ce morne insensé n'ait point jugé à propos, jusqu'à ce jour, de se montrer à mes yeux profanes. Je l'eusse exécuté, avec deux ou trois brocards, de la belle manière.

Un silence. Il s'asseoit auprès de la table et se verse à boire

Je l'avoue : ce manoir, y compris ses habitants, me semble improbable. Je m'y trouve paradoxal. Ici, l'on est en retard de trois cents ans, montre en main. Je croyais exister sous le roi Louis Ier. — Erreur !... En franchissant ce seuil, je me suis aperçu que je vivais sous l'empereur Henri, au temps des guerres d'investiture.

Un silence

Soit. — A la santé dudit Empereur !

Il boit

Or ça, je voudrais bien voir clair dans cette existence anormale que l'on mène céans ! Quant à mon noble cousin, je ne me sens qu'une sympathie assez modérée pour ce jeune héros de romans moyen-âge. Il est vraiment d'un caractère... des plus indéfinissables. — D'ailleurs, tout homme qui, vers la quarantaine, s'intéresse à d'autres qu'à lui-même, n'est pas digne de vivre.

Un silence

Maintenant, voyons : c'est un gentilhomme des mieux tournés, je dois en convenir, quoique de mine un peu fatale. Il est même d'un superbe aspect, en sa haute taille, et ne manque pas d'une sorte de distinction sauvage... qui serait du meilleur effet à la Cour, où l'on raffole du nouveau. Je vois, d'ici, les musiciennes de la reine le soir de sa présentation ! La princesse de Sabelsberg, la comtesse de Walstein ! Ah ! ah ! — Succès d'incendie à première vue, ou je m'abuse étrangement. — Puis, il est de la famille. Il a su m'accueillir avec une courtoisie parfaite et se montrer grand seigneur en m'abandonnant sa part d'héritage, malgré sa fortune perdue. Je suis sûr que, convenablement dirigé, le comte Axël d'Auërsperg pourrait me conquérir, auprès du roi, certaines influences... d'une utilité fort appréciable.

Un silence

Oh ! ma vieille ambition, toujours déçue jusqu'à présent.

Sombre et regardant autour de lui

C'est une sorcière aussi, celle-là.

Son regard s'arrête sur la table

Voici le souper de mon départ. Une table qui réjouit l'œil ! — Ces fleurs de montagne... c'est au mieux et de fort bon air.

Silence

Le singulier air que l'on respire ici ! L'on ne m'ôtera pas l'impression qu'il y a quelque chose d'inconnu dans cette vieille demeure. — Voyons : je crois avoir pris sur mon jeune cousin quelque ascendant : ces sortes de natures sont d'une faiblesse d'enfant, en vérité. — Je suis en avance sur lui d'une vingtai-

d'années, ce qui, joint à ma parenté, m'a permis une certaine pointe protectrice... Il faut que j'essaie, ce soir, de combattre l'influence de ce Maître Janus. Je veux lui démontrer, au dessert, que le Grand-Œuvre, c'est de faire son chemin dans le monde et d'y prendre, de gré ou de force, la place en laquelle on désire s'asseoir.

Pensif

Comme si toutes les fantasmagories de la terre et toutes les sentences des philosophes valaient, en réalité, le regard d'une jolie femme ! — Et la jeunesse, hélas ! la belle jeunesse ! — Voilà la vraie magie ! — Une belle créature ! — voilà qui se comprend tout de suite ! sans effort !... Voilà qui est clair !

Il mire le cristal de son verre aux lueurs des flambeaux

Je comprends. — Tout ce voisinage de bois, d'étangs, de torrents, renforcé de la solitude, ont éveillé dans son esprit ces idées absurdes ! — Bah ! le mal se guérirait en huit jours, là-bas... et je suis sûr qu'entre mes mains ce jeune homme deviendrait un instrument des plus utiles...

Il se lève et fait les cent pas

C'est égal, je suis soucieux. Il n'est pas naturel qu'un garçon qui n'est certes pas un esprit ordinaire, accepte délibérément l'existence d'ours-noir que mène ici le comte Axël d'Auërsperg. Tout l'amour des sciences occultes ne légitimerait pas une telle réclusion. Il y a autre chose.

Plus bas et d'un ton singulièrement pensif, après un coup-d'œil taciturne autour de la salle

Il y a quelque chose ici.

Réfléchissant

Voici huit longs jours que je passe dans ce trou à fantômes avec cette impression-là, qui est donc sérieuse, et je n'aime pas à faire buisson creux. Je désirerais beaucoup tirer ce doute à la lumière, car le mystère est, à mes yeux, bien démodé de nos jours ! — Mettre à la question ce Herr Zacharias eût été bien imprudent, avant cette heure-ci ; mais puisque je quitte aujourd'hui, et sans regret, cette bâtisse d'un autre âge, je puis, tout à l'heure, quand le vieil intendant...

Voyant entrer Herr Zacharias

Le voici.

LE COMMANDEUR KASPAR D'AUERSPERG, HERR ZACHARIAS

HERR ZACHARIAS, *sur le seuil, regardant le Commandeur*

L'heure est venue. Le devoir est de parler.

Il referme les portes avec précaution

KASPAR D'AUESPERG *le regardant, à lui-même*

— Si c'est un sorcier, aussi, celui-là, il faut convenir que le Diable met du temps à l'emporter !

Le lorgnant de la tête aux pieds

Ah ! ...is... il a cent ans, ce garçon ! — Etudions un peu ses vestiges : œil ouvert, diplomatique, lèvres fines... oui, mais nez sans pénétration. Bien.

Haut

Bonsoir, herr Zacharias ! — Qu'avez-vous donc ? — Par mon drageoir ! vous paraissez ému.

HERR ZACHARIAS, *grave et s'approchant du Commandeur*

Monseigneur, j'ai eu l'honneur de vous rencontrer plus d'une fois, il y a quelque vingt ans. — Vous étiez l'ami du défunt comte ; vous devez aimer son fils.

KASPAR, *à lui-même*

Le dévouement est son côté faible.

Haut

C'est un jeune homme d'avenir, et je ferais tous les sacrifices pour le voir prendre son rang dans le monde.

HERR ZACHARIAS

J'ai réfléchi nuit et jour depuis votre arrivée, Monseigneur. Les instants de la vie me sont comptés : votre présence est une occasion inespérée que je dois saisir.

KASPAR

Ma présence ?

HERR ZACHARIAS, *préoccupé et grave*

Oui. Je voudrais vous révéler quelque chose de terrible. Une chose... Oh ! la plus étrange de toutes les choses ! — Si vous voulez l'entendre, je dois me hâter : elle est d'un récit difficile... l'heure passe et vous partez cette nuit.

KASPAR, *grave*

Vous êtes bien solennel pour être sérieux, herr Zacharias !

HERR ZACHARIAS

Monseigneur, je ne parle jamais qu'en pesant bien tous les termes dont je me sers. Or, il est vraiment impossible d'en trouver d'exacts pour qualifier les faits que je désire vous exposer. Bref, s'il est sur la terre un secret méritant le titre de... SUBLIME... certes, on peut dire que c'est celui-là. Y penser seulement me donne le vertige... Vous le voyez, je suis inquiet d'en parler.

Il regarde autour de lui